笑って、バイバイ！

たかのてるこ

文と写真

みんな いつか 死んじゃうって 本当?
わたしも いつか 死ぬの?

死ぬって、なに？

それは
私<ruby>私<rt>わたし</rt></ruby>たちは みんな
「生<ruby>生<rt>う</rt></ruby>まれる」という スタートがあって
「命<ruby>命<rt>いのち</rt></ruby>をまっとうする」という ゴールがあるということ

「生まれる」という スタートがあって
「命をまっとうする」という ゴールがある って？

5

それは　生きていくなかで
いろんな人と出会い　いろんな時間をシェアして
泣いたり　笑ったり　悩んだり　楽しんだりつつ

日常という "小さな旅" をしながら　成長していき
人生という "大きな旅" を成しとげる　ということ

日常という "小さな旅" をしながら 成長していき
人生という "大きな旅" を成しとげる って？

それは
人は すべては永遠に続くものだと
心のどこかで思っているけれど

永遠なんて この世にはなく
人も 自分自身も 世界も 変わり続けていて

親や 友だち パートナーとの関係も
少しずつ形を変えていくように
すべてが変わり続けていく 時の流れを
そのときどきで ちゃんと味わうこと

すべてが変わり続けていく 時の流れを
そのときどきで ちゃんと味わう って?

それは
身近な人との "永遠の別れ" が近づいてくると
その存在の大きさを 思い知り
先に逝く人も 見送る人も ようやく素直になれるけれど

人は いつだって
自分の気持ちに 正直に生きていいのだ ということ

かけがえのない存在を　失ったときには
早く立ち直らなければと　かなしみを我慢するのではなく

時間をかけて　かなしみ尽くすことで
一緒に過ごした　どんな時間も全部
かけがえのない思い出として　大事にすること

大切な人の声にも 笑顔にも 体にも

触れることができなくなって

"自分の一部"を失ったような 喪失感に押しつぶされそうなときは

もう二度と会えなくなる別れが 辛くてたまらないほど

素晴らしい人と出会えたことが 本当の幸せで

素晴らしい"人生旅"の証であることに 気づくこと

14

旅立つ直前まで
笑ったり　へこんだり　喜んだり
懸命に生きて　生きて　生きぬいた人の人生を

「たいへんな　お役目　おつかれさまでした」
「出会ってくれて　ありがとう」と
心から　ねぎらってあげてほしいということ

16

突然すぎる別れで　旅立ってしまった大事な人は
「いつ別れが来ても　後悔しないよう
『ありがとう』『愛してるよ』という気持ちを　惜しみなく
伝えておくことの大切さ」を教えてくれた　師だということ

大事な人が　旅立ったとき
寿命の長い短いで　その人生の価値を決めてしまって

相手を憐れんだり　自分を責め続けたりして
時間を止めたまま「今」を大切に生きないことは

その人の「生」も　自分自身の「生」も
尊重することには　ならないから

あなた自身が輝いて　自分自身を大切にして生きることが
旅立った人を　何よりも尊ぶことになる　と気づくこと

21

もし旅立った人に　やり残したことがあったなら
あなた自身　やりたかったことで　まだやれていないことがあるなら

それは　思い残すことがないよう　生きるために
旅立った人から　あなたに渡された　愛のバトンだということ

あなたにも いつかは必ず訪れる
"最期のとき"を 本気で想像することができたら

やりたくないことを やっている時間が惜しくなり
「大事なもの」が見えてくる ということ

地球上の　あらゆる生き物は
自然の恵みのおかげで　生かされていて

地震や台風　洪水　感染症などに　悩まされることもあるけれど
死んでいる星なら　そもそも生命が誕生していなかったことを思うと
自然界の現象はすべて　地球が生きている証で

地球も　私たち人間も
宇宙全体の一部で　自然の一部だということ

人間が　自然の一部であることを思うと
明日が来るのは　決して当たり前のことではない　ということ

毎日は　当然のようにやってくるから
日常の重みを　忘れてしまいそうになるけれど

本当は　いつだって
かけがえのない時間が　絶え間なく流れていて
そんななかで　私たちは生きているのだということ

"奇跡の贈り物"である　一日一日を！

700万年前　アフリカで人類が誕生して以来
世界中に散らばって生きてきた　私たちの先祖 1000億人以上（!）も
みんな　命をまっとうして　旅立っていったことを思うと

700万年かけて　生命をバトンタッチし続けて
自分にたどり着くまで　愛を繋いでくれた人たちの元に向かうだけで

誰もが通る道である　"人生最後の船出"を
恐れる必要はないと　心にとめておくこと

命をまっとうして　人生を卒業するのは　すばらしい瞬間で
蝶の幼虫が　サナギから脱皮して　空へ羽ばたくような
とても自然なことで
どんなかたちで旅立っても　安らかな死だということ

身体機能が停止すると そこは痛みのない世界で
世界のあらゆる物質と同じく もともと粒子*でできている私たちは

肉体を失った後も 風に舞い 自然に還っていくだけで
宇宙目線で見れば 生きているときと 何ら変わりないということ

むしろ 自分という制限がなくなって
空間や時間に縛られることなく
あらゆるものと つながることができるようになる ということ

＊物質を構成する小さな粒

34

まぶたを閉じれば　ありありと浮かぶ
先に旅立っていった　愛おしい人たち

その存在は　亡くなったからこそ　永久で
あなたの中に入り込んで　共に生きていて
見守ってくれていることを　忘れないこと

私たちは みんな
生きることを学ぶために 地球に生まれ
この星に たかだか100年も滞在しない
"旅人"だということ

人生が どん底まで落ちたときには
自分をゆるせず "自分イジメ" をしてしまうけれど

すべての苦しみは いつかは過ぎ去っていくので
"一回死んだ" ような気持ちで 自分をさらけ出して 生き直してみれば

真っ黒に見えていた世界が オセロの黒が白に反転するように
真っ白なキャンバスが広がる世界に戻って
「あぁ、生まれてきてよかった!」と思える日が 必ず来るから

すべては 学びで
すべては 愛だということ

この世界に　別れを告げるとき
最も心を満たしてくれるものは
築いた富や　成功　見た目などではなく

どれだけ　ありのままの自分で
愛いっぱいに　命をまっとうしたか　だけだということ

世界中 どんな状況の人も
起きているときも 寝ているときも
病気になったときも たとえ余命宣告されたとしても

ただひとつ 確かなことは
みんな 体内の40兆個の細胞を フル稼働させて
ごはんを食べて 排泄して 寝て を繰り返しながら

「今日」だけを 「今」だけを
力いっぱい 生きているということ

どんな人も 人生が終わる最期まで
「今」「この瞬間」しか生きられない
のは同じ だということ

終わりがあるからこそ　愛おしい時間を
「恐怖」ではなく　「愛」で生きることができたら

お金や　世間の目　失敗　人間関係　別れ　病気
年を取ること　死ぬこと……

すべてが　恐くなくなって
ただ　あるがままの自分で　いられるようになる　ということ

あかね色の夕焼け空や　満天の星をながめるのも
緑の草原や　波の合間を　はだしで踏みしめる　心地よさも
縁あって出会えた人たちと　愛を分かち合うのも

この体で　この世界を体験するのは
今世限りだから

やりたいことは　全部やり尽くしたほうが
気持ちよく　ゴールインできるということ

この肉体と　別れるまでに

まっとうすることは

自分を愛して　信頼して

自分らしくあること

すべてに感謝して
幸せになること

笑って

バイバイできるように

最期の瞬間まで
生きることを 楽しむこと！

59

この本が生まれるまで

　この本が生まれたのは、「いつかは誰にでも訪れる死を、ポジティブに受けとめられる本が書きたい！」「その結果、生きる気マンマンになれるような本を！」と思ったからでした。

　たとえば、親しい友と会う約束をすると、その日を楽しみに仕事もうんと頑張れるように、「いつか人生を卒業する日」を楽しみにできたら、生きることがもっともっと楽しくなる気がしたのです。

　キッカケは、30年来の友人から、ガンの転移を打ち明けられた会話でした。気落ちしている彼女に、「命とは限りのあるもの」だと意識したからこそ、開き直って、心のままに生きてほしい、と願わずにいられなくなったのです。やがては誰にでも訪れる旅立ちを、必要以上に恐れる気持ちは、平均寿命を基準に、自分を人と比べているからではないかと。「たどり着く先はみんな同じだし、ちょっと早めに行くか遅く行くかだけ」ぐらいに開き直って、どうなるか分からない未来を恐れるより、「今」を生きてもらいたい一心でした。(じつはその後、彼女はこの本がキッカケで人生に対するが考え方が前向きになったそうで、今ではガンも寛解し（！）元気にしています)

　そういう私も、以前は人と比べてばかりいたのですが、旅が人生観を変えてくれました。
　20歳の時、勇気を振り絞って、憧れの海外ひとり旅に出て、世界が一変したのです。この世にこんなにも痛快で、スリルとわくわくに満ちた、最高のエンタメがあったなんて！

　そして、今まで生きてきたなかでは、学校でも職場でも必ず先輩後輩や上下関係があったのに、旅先での出会いでは、どんな人とも、年齢や出身、肩書きなど関係なく、ありのままの、等身大の、生身の"同じ人間"として、出会うことができました。

　私は人との出会いを求めて旅をしていますが、アート好きなら美術館巡りを、野生のイルカと泳ぎたければハワイ島等に行くもよし。旅は「誰の旅が一番すばらしいか」を競うものではないので、人と比べることなく、自分を思いっきりさらけだすことができたのです。

　でもそれは、生きることも同じで、人生は「誰の人生が一番すばらしいか」を競うレースで

はないし、やることは、ただ「自分らしく生きて、とことん楽しむ！」だけではないかと。

　そして、もし今、自分が死んだとしても、平均寿命を超えなかったという理由だけで、楽しいこともいっぱいあって、死ぬ直前までめいっぱい生きていた人生を、私を思い出す度に「かわいそうに……」という言葉でくくられたくない、死んでまで人と比較されるなんてごめんだー!!と心の底から思うようになりました。

　死ぬ間際、後悔する人はみな、「もっと自分らしく生きればよかった」「もっと冒険すればよかった」と口にするといいます。会社員時代の私は、有給休暇で旅に出る度に上司から疎まれ、戦力外通告までされ、「私はダメ人間だ……」と自分を責め続けるようになっていました。

　上司に嫌われないためにビクビクしながら生きている自分が情けなくてたまらず、うつ状態まで追い詰められていた私は、このままだと死ぬ間際に絶対後悔すると思い、"人生最大の冒険"に出るつもりで、18年勤めた会社を辞めました。会社員だった自分はもうこの世にいないことを思うと、私は一度死んだからこそ、"第二の人生"を始められた気がしています。

　振り返ると、当時の私は「死」そのものではなく、自分らしく生きることができないまま、死ぬのが恐かったのだと思います。「死を恐れる」気持ちの根底にあったのは、人の目を気にして、「ありのままの自分で、生きることを恐れる」気持ちだったのではないかと。

　たとえば、私は幼い時から動物好きだったものの、犬も猫も苦手な親の影響で、実家を出ても「旅人の自分が、動物と暮らせるワケがない」という"呪い"を自身にかけていました。

　独立後、縁あって家族猫を迎えられたのですが、目が覚めて最初に見るのが隣にいる相棒の凛（♀）になって以来、一日が始まる度に感動してしまいます。というのも、子どもの頃、いじめられていた私は『ラチとらいおん』という絵本が大好きで、「小心者の少年が、小さなライオンのおかげで成長する」話なのですが、長毛種の凛には立派なたてがみがあるのです。

　そのおかげで、「小心者だった私が、会社を辞めて、小さなライオンみたいな凛と暮らせるようになるなんて、奇跡だ!!」と有難い気持ちがこみ上げ、毎朝、胸がいっぱいになります。

人から見ればどんなに小さなことでも、何かやりたいことがあるなら、「できない」と決めつけず、どんな自分も許してあげてほしいです。ずっと我慢していた分、それができるようになると、とんでもない喜びが待っているからです。

　自分に起きた奇跡を挙げると……「毎日たっぷり寝る」「快便になる」「ひなたぼっこする」「心から着たい服を着る」「野菜を育てる」「毎晩お風呂で、40兆個の細胞をねぎらう」……etc.

　私もようやく"自分イジメ"をやめ、毎日生きてるだけでめちゃめちゃ頑張っている自分を、ほめてあげられるようになりました。そして、人と比べるのではなく、過去の自分と比べると奇跡だ！ と思うぐらい開き直れたら、昔の自分がまるで前世のように遠く感じられ、同じ肉体のまま、生まれ変わることができるのだということをつくづく思い知ったのです。

　とはいえ、私も子どもの頃は、死の恐怖で眠れなくなりました。ガンで入院し、お見舞いにも行っていたおじさん（父の弟・37歳）の容態が気になり、母に詰め寄ると言われたのです。「おじさんは亡くなって、お葬式も済んだんや」と。「お別れもできへんなんて！」と涙ながらに訴えても、「あんたは子どもやから」と一言。そして、父もすぐ後を追うような気がして、自分も短命だと思いこんで、「死」は私にとって長い間トラウマになっていたのです。

　そのトラウマを根底から覆してくれたのも、ひとり旅でした。著書『ガンジス河でバタフライ』に書いたインド旅では、毎朝ガンジス河に昇る神々しい太陽を前にすると、自分の存在も忘れ、大自然の一部になったように感じられていました。そんなある日、立ち寄った火葬場での体験は、今でも忘れられません。河の聖水で清められた死体が火の粉をパチパチ散らしながら燃える火葬風景を、恐ろしいとも思わず、自然に受け入れている自分がいたのです。

　燃える死体を眺めつつ、私は思いを馳せていました。（自分にもいつかこの日が来るんだな。人は試験でも仕事でも、締め切りがあるから、間に合わせようとする。"肉体の締め切り"で

ある『死』があるということは、どんな人にも生きている間にやるべきことがあるということなんだろうか……)。身をくねらせて焼かれていく姿は、その人の「命をまっとうしたー！」という最後の叫びのように感じられ、私も最期はこうでありたいと心に誓ったのです。

以来、私は、いい意味で、めちゃめちゃ「死」を意識するようになりました。インド旅後、その勢いでアイバンクに登録し、『眼球寄附証明書』には「お墓は遠慮したいので海洋葬か樹木葬でお願いします」と書き添え、財布に入れてあります。そして、今日、車に轢かれて死なない保証はどこにもないんだから、いつが最後でも納得できるよう生きよう！ と毎日、本気で思うようになったのです。

でも、いつなんどき何が起きるか分からないのは、本当はみんな同じではないでしょうか。

生き物の死亡率は100％で、誰にでもその日は訪れるというのに、「お気に入りの服は、着ないで取ってある」とか「旅先リストを作って、楽しみに取ってある」と聞くと、ほとんどの人は「自分だけは死なない」と信じているんだなぁと思わずにいられません。

私たち人間が、自然の生き物である以上、いつ最後の日が来てもおかしくないのに！

死は、日本では口にするのもタブーとされ、「身内に不幸があって」と遠回しに表現するほど、忌み嫌われています。でも、どれだけ遠ざけても、「身近な人と死別すること」と「自分自身の死と直面すること」は、誰もが避けることができない問題です。

私自身、「死は恐ろしいもの」と刷り込まれてきましたが、もし死が、ただただ「悪いこと」で「不幸なもの」であるなら、私たちの先祖1000億人以上も、みんな気の毒でかわいそうな人たちになってしまいます。

終わりがあるからこそ、人生は愛おしい。「死を見つめること」は、700万年ものリレーで繋いでもらった大事な命を、最後までどう自分らしく生かしきるかを考え、「今を力いっぱい生きるために行動すること」につながると思うのです。

今、思い返すと、自分を否定し続けるうちに全てが嫌になって、明日、目覚めなければいいのに……と思った過去も数えきれないので、自死の報道を聞く度に胸が締めつけられます。
　自死の背景には、たいてい心の病があり、心が疲れきると悪いことばかり考えてしまい、平常時の判断ができなくなるといわれています。特にうつ病は、「脳内の神経に作用する物質の働きが悪くなって起こる」とされ、適切な治療で治る可能性のある「脳の病気」でもあるのです。

　「自死を選んだ」という表現がありますが、私たちが生きる社会にある職場や働き方、学校等に追い詰められた原因があることが大半で、個人だけの問題ではないと思わずにいられません。多くの場合、死にたいから死ぬのではなく、何らかのストレスがかかって間違った選択を強いられただけで、正確には「心（脳）の病気で亡くなった」のではと思っています。
　また、「自殺（自分を殺す）」という衝撃的な表現だと、死が個人だけの責任にされがちなので、「事故死」「災害死」等のように、「自死」という表現が定着してくれればと思っています。

　前作『逃げろ　生きろ　生きのびろ！』にも書きましたが、日本は「犯罪率の低い国」である反面、自分をいじめる傾向が強く、怒りや悲しみが、外に向かう（＝人を傷つける）のではなく、内に向かって（＝自分を傷つけて）しまいがちです。自分がうつ病だと気づかず、苦しんでいる人も多いので、苦しさの原因から「命、最優先で逃げてほしい！」と願ってやみません。

　身近な人に旅立たれると、もっと何かできなかったかと悔やみがちですが、どうか自分を責めないでください。天に召された人は、自分の不在をさみしく感じてくれて感謝しかしていないと思います。そして、その人が「もっとこうしてほしかったのに……」などと思っているわけがないのに自分を責め続けるのは、相手に対して失礼ではないかと思うのです。
　私は先に旅立った友には「もしやり残したことがあったら、生まれ変わっておいでね！」と祈ることにしています。日本のラブソングにはよく「♪生まれ変わっても〜」という歌詞が登場しますが、これは仏教の「人は生まれ変わり続けている」という〝輪廻転生〟の思想です。

じつは、私はチベットエリアを旅したとき、意気投合した先生に小学校を案内してもらった際に、"前世を覚えている"仏教徒の少女と出会い、彼女の前世の家族（！）にも会うという体験をしたことがあります。その少女、デルダンは、10歳で亡くなったシャナースというイスラム教徒の女の子だった記憶があり、家族の名前等も覚えていたのです。前世での死因を尋ねると、「お医者さんが薬を間違えたの」との答え。それは、シャナースの最期そのものでした。デルダンを娘の生まれ変わりだと信じ、今世で娘に再会できたことを泣いて喜んでいるシャナースの両親の姿に胸を打たれ、私は生まれ変わりを信じずにはいられなくなったのでした。

　そして、どんな命も生まれ変わって、誕生と死を繰り返しながら宇宙をぐるぐる巡っているとみんなが信じられたなら、「自分の子さえよければ」「自国さえよければ」といった気持ちがなくなって、全ての命に対して優しくでき、いつかは"世界がひとつ"になれる気がしたのです。

　詳しくは著書『ダライ・ラマに恋して』に書いたので割愛しますが、私はこの旅以来、人は自分の魂の使命を選んで生まれてきているのかもしれない、と考えるようになりました。運命は「運べる命」と書くように、人生は自分次第で変えていけると思いますが、どの国のどんな親の元に生まれるか等の宿命は、ある程度、私たちの命そのものが選択しているのではないかと。

　こういうと、戦争や災害など過酷な状況下に生まれた子どもも、自らその逆境を選んできたのかと考えてしまいますが、たとえば虐待で亡くなった子が、何の役目もなかったとすると、それこそ気の毒すぎる気がしてしまうのです。子ども自身が「愛の足りない親に、愛を教える」という大きな役目を選んできたと考えた方が、救いがあるような気がしてなりません。

　世界各国で児童虐待が明るみに出たおかげで、体罰や言葉の暴力も、しつけではなく虐待と認められ、子どもの人権が確立されつつあることを思うと、苦しい目に遭った子ども達の命は大変なお役目を持っていたように感じられ、私は心から手を合わさずにいられなくなります。

　どんな暴力も戦争も災害も惨い事件も、当事者の苦しみを考えると絶対に肯定できませんが、「もう二度と、こんな辛い体験をする人がいませんように！」という強い思いが、私たち人類を学ばせ、少しずつ進化させているように思えてならないのです。

災害、事故、病気、流産……さまざまな死のかたちがありますが、突然すぎて納得いかない別れ方であっても、その死の意味を考えて、渡された愛のバトンをしっかり受けとめることが、何よりも相手を尊重することになると信じています。(*「流産」も胸が痛む表現なので、「お母さんのお腹を借りて、地球を旅しにやってきた命」＝「旅産」という表現等になればなぁと思っています)

　私は全国の学校等でよく講演するのですが、学生から「海外旅は危険だからダメと親に反対されて」と相談される度に、こう答えています。「『親のせいで、自分らしく生きるチャンスを奪われて、一生恨むかもしれないけど、それでもいい?』と言ってみれば?」と。
　危険を恐れるあまり、力いっぱい生きられない人生を送るのは、大事なものを見失っていると思いますし、「将来やりたいことがない」という若者には「あれもこれもダメ」と言われて育った人が少なくありません。確率でいうと、海外旅よりも、道で危険(交通事故)に遭う確率の方が高いのです。でもだからといって、ずっと家に籠もって、旅もスポーツもせず、誰ともかかわらずにいたら、傷つくこともなく幸せかといったら、そんなわけがありません。
　人は、"人生旅"の道中での、人との出会いの中でしか成長できないものなので、心の欲する場所へ旅立ってほしいと祈っています。どんな人に出会うかで、人生はいくらでも変わっていくもの。人生の最期、これまでの生涯が蘇るという"走馬灯"に映るのが、退屈で感謝のない日々ではなく、願わくば、愛と笑顔に満ちた、めくるめく日々であるよう!

　振り返れば、世界中の旅先で、いろんな人と笑顔でバイバイし合ってきました。
　『ガンジス河でバタフライ』に登場する、インドカレー屋のマスターと最後に会ったときも、いつも通り、店先まで見送りに出てくれた彼と、お互い笑顔で思いきり手を振り合いました。
　その後、彼は飲酒運転のバイクに轢かれ、二度と会えなくなってしまいましたが、笑顔でバイバイできたことに救われている気がします。そして、脱サラしてお店をやる夢を叶え、美味すぎるカレーをたらふく食べさせてくれた彼の人生を、短いから気の毒だと考えるのは失礼なことだと思い直し、素晴らしい人生をまっとうした人なんだと思えるようになりました。

日常でも旅先でも、私は別れるとき、「元気でねー！」と互いの姿が見えなくなるまで、思いっきり手を振り合います。「まぁまた会えるだろう」なんて油断しがちですが、その時のその人に会えるのは、本当に、その時だけなのです。まわりの目なんか気にせず、恥ずかしがらずに、「ありがとう」「愛してるよ」という気持ちは、いつでも伝えておきたいのです。

　この本の執筆中、いろんな別れを思い出したり想像していたら、胸が張り裂けそうになりました。どんな人とも、相棒の凛とも、この美しい世界とも、バイバイする日がくるのだと思うと、今、生きていることが有難くて、それと同じぐらい、生きていることが切なくて、生きることのすべてが愛おしくて、世界の美しさを目に焼きつけておきたくて、赤く染まりつつある夕焼けを見るべく、公園まで自転車でダッシュしたこともありました。「みんな、ありがとうー!!」と心の中で絶叫しながら。

　今後も、出会いの数だけ別れがあり、別れにだけは慣れることができないから、その度に、胸がちぎれそうなくらい、とてつもないさみしさを感じることになるのだと思います。

　それでも、どれだけ別れが悲しくても、何かが少しでもズレていたら会うこともできなかった人と、天文学的な確率で出会えたこと自体が奇跡で、それこそが幸せなことなのだと、自分自身にも言い聞かせています。

　私は自分のまわりにこのシリーズ本をシェアして、共に成長している気がしているのですが、本に込めた思いに共感してくださった方が、まわりの人にも愛を伝えていただけると、これほどうれしいことはありません。身近な人やペットを失って元気をなくされている人や、お身内の会葬御礼としても、よかったら。（＊詳しくは、最終ページの〈シェア・プロジェクト〉をぜひ）

　私もようやく「生きるのも楽しみなら、いつか死ぬのも楽しみだ！」と思えるようになりました。お互い、命の炎を燃やし尽くしましょう。最後に、笑ってバイバイできるように！

たかのてるこ

〈「生きるって、なに？」シリーズ〉第1作

『生きるって、なに？』

「生きている」ということは
人と「つながっている」ということ
世界と「つながっている」ということ　(本文より)

生きることに、優しく、素直に、向き合う一冊。

『生きるって、なに？』
文と写真　たかのてるこ
500円＋税（テルブックス刊）

この本が生まれたキッカケは、大学の教え子から「生きる意味が分からない」と悩みを打ち明けられた会話でした。本の元になった文章を彼に贈ったところ、感想文を書いてくれました。

「母親に『人に迷惑をかけるな』と言われてきたけれど、『迷惑をかけてもいい』という言葉で救われた気がしました。今後、本当に助けが必要なときには、助けを求めようと思います」

人を信頼できずにいた彼が、人を信じてみようという気持ちになってくれたのが嬉しくて、ハートに火がつきました。その後、講演で文章に写真をつけて上映したところ、出版を希望する声を多数いただいたので、思いきって自費出版することにしました。

考えてみれば、「知識」は学校で教わりますが、「生きるための知恵」は、誰にも教えてもらえなかったなぁと思います。たぶん、日々、日常の生活に追われている大人は、「生きる意味」や「平和」について考えるには、忙しすぎるのだと思います。生きる上で、一番大事なことなのに！

自分なりに「生きる意味」を考えたことで、世界を見るまなざしが優しくなり、自分のことも、人のことも、大事にできるようになったと感じています。

（「この本が生まれるまで」より）

〈「生きるって、なに?」シリーズ〉第2作

『逃げろ 生きろ 生きのびろ!』

今いる場所が　心が折れるぐらい苦しければ
置かれた場所で咲かなくていいから
逃げてもいい　ということ（本文より）

頑張るだけじゃない、心軽やかに生き延びる。

文と写真　たかのてるこ
500円+税（テルブックス刊）

〈「生きるって、なに?」シリーズ〉第3作

『笑って、バイバイ!』

人生を卒業するとき　最も心を満たしてくれるのは
富や成功ではなく　どれだけありのままの自分で
愛いっぱいに　命をまっとうしたか　だけだということ（本文より）

"人生最後の旅"を楽しみにできたら、毎日がもっと楽しくなる!

文と写真　たかのてるこ
500円+税（テルブックス刊）

〈「生きるって、なに?」シリーズ〉第4作

『世界は、愛でできている』

太陽、自然の営み、
毎日あなたを応援している全細胞…
すべては「愛」だと気づけたら、世界が違って見える!!

愛いっぱいの人生に変わる一冊。

文と写真　たかのてるこ
500円+税（テルブックス刊）

たかのてるこ　　地球の広報・旅人・エッセイスト

「世界中の人と仲良くなれる！」と信じ、7大陸・70ヵ国を駆ける旅人。ベストセラー『ガンジス河でバタフライ』は“旅のバイブル”として幅広い年代から支持され、ドラマ化もされ話題に。

欧州21ヵ国をめぐる鉄道旅エッセイ『純情ヨーロッパ』『人情ヨーロッパ』など、著書多数。18年間、映画会社に勤めた後、独立。現在までに、紀行エッセイ、累計70万部超。

世界中の魅力を伝える、ラブ＆ピースな“地球の広報”として、『生きるって、なに？』上映つきで 全国の小中高大学・自治体等での講演、メディア出演、大学講師など、幅広く活動中。

HP www.takanoteruko.com / Twitter @takanoteruko

■たかのてるこの本

ガンジス河で
バタフライ

サハラ砂漠の
王子さま

モロッコで断食

モンキームーンの
輝く夜に

ダライ・ラマに
恋して

キューバで
アミーゴ！

ジプシーにようこそ！
旅バカOL、
会社卒業を決めた旅

淀川でバタフライ

あっぱれ日本旅！
世界一、スピリチュアルな
国をめぐる

純情ヨーロッパ
呑んで、祈って、脱いでみて
〈西欧＆北欧編〉

人情ヨーロッパ
人生、ゆるして、ゆるされて
〈中欧＆東欧編〉

〈「生きるって、なに？」シリーズ〉 シェア・プロジェクトのご案内

ひとりでも多くの人に届けたい気持ちで自費出版を始めて以来、
〈シェア・プロジェクト〉を続けています。
このシリーズに共感してくださった方で、
本を広くシェアしてくださる方を募集しています！

まわりの友だち、お子さん、ご両親、大切な人への、ちょっとギフトにも最適
なので、よかったらぜひ、お誕生日や、入学・卒業・就職・退職・独立
祝いなどに、あなたの優しい気持ちをシェアしてくださいますよう。
SNSやブログ、レビュー等で、本の感想をシェいただくのも、大歓迎です！

● 全国の書店、丸善ジュンク堂書店（全90店舗）で、ご購入・ご注文いただけます。

● 「Amazon」「楽天ブックス」「honto」「e-hon」「セブンネットショッピング」でも、ご購入頂けます。
　また、「Amazon kindle」で、電子書籍も配信しています。

■ 10冊ご購入いただける場合、1冊410円＋送料無料で、シェアしています。

お知り合いにプレゼントしてくださる方、自分のお店や、お知り合いのお店で販売してくださる方に、
1冊410円（税込）＋送料無料で、特別にお分けいたします。
（今までに、カフェ、雑貨店、美容院、マッサージ店、病院、カルチャー教室等でシェア頂いています）

学校の教材や、結婚式・卒業式・成人式のお祝い品、会葬品など、さまざまな会で使って頂くことも多く
40冊ご購入の場合は1冊380円、100冊ご購入の場合は1冊350円で、税込＋送料無料でお分けします。

＊詳しくは、ネット書店「テルブックス」HP
https://terubook.thebase.in をご参照ください。

■ 講演・トークイベントをご検討くださる、学校や自治体、団体の方は、
たかのてるこHP　www.takanoteruko.com よりお気軽にお問合せください。

笑って、バイバイ!

2020年10月4日 初版発行 | 2023年1月16日 2版発行

文と写真	たかのてるこ www.takanoteruko.com
アートディレクション	高橋 歩
デザイン	伊藤 力丸
総合協力	林 綾野
編集協力	東海林 薫
構成協力	田出 寛子
発行	テルブックス https://terubook.thebase.in
印刷・製本	株式会社 東京印書館

Thanks to　久保千夏　潮 千穂　須田美音　三縞麻衣＆由結　加藤玲奈　長尾常利　森本浩平
Asia Marina Campolmi　藤瀬みどり＆チトエ　鈴木芳雄＆征子　林あゆみ　小山倭加　上原晶子
独立行政法人 国際協力機構（JICA）　紺 龍　杉本あゆみ　橋本幹子　細川菊枝（順不同）